皆既月蝕

和田順子句集

令和俳句叢書

KAIKIGESSYOKU
WADA JYUNKO

ふらんす堂

目次

一章　平成二十八年～二十九年……5
二章　平成三十年……49
三章　令和元年（平成三十一年）……75
四章　令和二年……99
五章　令和三年……133
あとがき……173
初句索引……177
季語索引……181

句集

皆既月蝕

一章

平成二十八年～二十九年

八十一句

山ざくら海へ向きたる御製の碑

岬みちけふはしづかな春の波

開墾の歴史の春田打ちにけり

花の散る土人形を焼く窯に

双葉葵雫のやうな花つけて
溝浚へがんばるときの口すぼむ

涼しさは師の詠む不破の藤古川

まくなぎや不破の関守屋敷跡

渡岸寺留守の茶店に涼みけり

立てて置く大八車棕櫚の花

牛冷やす牛より深く川に入り

灼くる石ひとつは千服茶臼かな

加茂茄子やつましき暮し母に似て

つくつくと蟬つくづくと生きてきし

盆の波置いてゆきたる月日貝

稲光鳥居の太さ見せにけり

伊豆小室山吟行　四句

師の句碑の高きにありて登りけり

烽火もう上がらぬ秋の岬かな

野分後の波のしぶきを礒伝ひ
秋晴や石食ひの松石嚙んで

盆石によき影のあり居待月

多摩川の秋調布砧と名を残し

国宝の仏舎利拝す文化の日

空碧く降つてきさうな山の柿

正倉院展　二句

秋の旅三蔵法師の袈裟の色

石笛の音色偲べば鹿の鳴く

畑中の陵の裾草紅葉

門前に拡げ松茸売りをらず

秋の海抉りて船の旋回す

秋風やとつくり蜂が巣を作り

旧軽の桜紅葉と珈琲と
蹼の黄が蹴つてゐる秋の水

追分を過ぎて豆稲架五つ六つ

虚子庵の名残紫苑にまみえけり

波郷忌の風音に耳聡くゐる
落葉踏む無心になれるところまで

冬あをあを仏日庵の魯迅の木

信貴山の絵巻の寺の小夜しぐれ

兼好の住まひし寺も冬に入る

鴨の池誰も数ふることが好き

ひとり降り国道駅の寒さかな

寒風のなべて魚臭を攫ひけり

上げ潮の鴨の胸打つ柳橋

門松を立て親しさの募りくる

八重洲ブックセンターしづかに過す年の暮

初乗や相模国府の海きらと

淑気とも山の冷えとも早雲寺

フーコーの振り子しづかに去年今年

小豆粥母は生涯京ことば

梅東風の京に来てをり菟絲子の忌

ウクライナの被爆者ナターシャ・グジーさんの
フクシマ支援コンサート　二句

春の燭被爆二世のコンサート

春の凍てほどけてゆきぬバンドゥーラ

ありさうな所にありて犬ふぐり

草萌や対角線に行けぬ畦

げんこつのやうな南木曽の草の餅

建国日点字ブロック一直線

高きより椿の落つる静寂かな

うららかや鶴石鶴に見えてきて

飛花に座し落花に歩む清瀬かな

春落葉踏めば沈めり病舎跡

望郷の丘桜蘂降るなかに

料峭や波郷の詠みし鐘ひとつ

姨捨の田毎の蛙鳴く日かな

古戦場雀の鉄砲よく伸びて

代掻きの一歩が一歩追ひかけて

馬洗川今も清らに蛍飛ぶ

すひかづら引けば昔の日が待つよ

茅花流し吹き残されてゐる私

水無月ういろういつも歪な三角形

ぽつかりと闇のごとくに枇杷の種

瞬きを堪へてをりぬ大向日葵

白日傘けふの元気を開きけり

新緑のなだれ込んだり御母衣ダム

老鶯や水村山郭遠山家

夏盛んモザイク模様の船積荷
ヨットハーバー真白き夏の繋がれて

けふ空も海も白濁敗戦日

戦記読み蟬声重き日となりぬ

地虫鳴き眉毛の痒き日なりけり

草の香やごぼりと水のありどころ

大熊手荒稲こぼさぬやうに持ち

二章

平成三十年

四十六句

楡の幹ほのと紅さし年新た

どんどの火真ん中いよよしろがねに

夫尽きて新しき月冬空に

夫、一月三十一日皆既月蝕と共に命終る

ひとりとはとなりに居ない寒さかな

寒き夜を注いで二つの湯呑かな

寒夜鳴る風にも夫を待ちゐたり

寒参り樹齢千歳の榧くぐり

神木の枯れて蛇のごと竜のごと

寒明けや寂しき日日となりぬれど

春寒く夫亡き日日を起きて寝る

しろがねのほくりの花芽恃みけり

ことばより先に出てをり蕗の薹

初ざくら生きてゐしかば夫恋し

正五位を夫に賜りあたたかし

いくそたびその名問はれて翁草

夫の墓入口はここ花きぶし

蝌蚪生まれ何かしきりに訴ふる

茎立や雨がますぐに降る日なり

常念岳の雪渓きらとけふの晴

もこもこと森青蛙の孵化始まる

奥美濃の植田の水の零れさう

鮎の竿瀬音風音切つて飛ぶ

鮎雑炊川は一夜に甦り

晴天を持ち堪へけり気象の日

夏弾くる草間彌生の水玉に

栗の花噴いて明るき雨ひと日

黒犀の岩のごとくに灼けてをり

インド象歩み熱風起こりけり

秋晴のつくばロケット見てゐたり

野分跡漁網のしどろもどろかな

江の島の泳ぎだしさう野分晴

主義曲げず焼ぎんなんに塩を振る

ていねいに過ごす一日柚子実り

山の柿盛られ山廬の奥座敷

百目柿地に触れさうや触れてをり

湯に癒す馬に紅葉の降るばかり

秋日燦癒え待つ馬場の砂平ら

天田愚庵　二句

なるがまま愚庵生家の柿小粒

住まぬ家のどの木も紅葉してゐたり

坑道の冷えに降りたり真暗がり

大根干す海見ゆる日も見えぬ日も

吹き抜くる風と落葉の勿来関

鞍掛の松と伝へて藪巻きす

恐竜の骨格吊らる十二月

皆が居るやうに蜜柑を盛りにけり

餅配りとふ丸餅をいただきぬ

三章

令和元年（平成三十一年）

四十四句

年立つや半島の根に住み慣れて

まだ景色見ゆる幸せ恵方道

菟絲子法要春の雪にぞ終へにける

妙法院庫裡の竈の春の冷

歌舞伎座庭園阿国桜のしだれかな

八方に芽を立て歌舞伎座の辛夷

大徳寺納豆付いて菜飯膳

行く春をひとりの音に慣れにけり

刷上がる三嶋暦や梅雨館

梅雨を灯し三嶋絵暦解きにけり

炎天を歩む失ふものは無く

炎昼の孤独たとへば深海魚

ヨット縦走一艇はたと倒れけり

マリーナの午後はヨットの操作見て

夏帽子白き手汚し蝦を食ぶ

サングラス卓に置かれて雲映す

夕焼長し江の島裏の断崖に

夫無くも海に遊びて日焼けして

五島の旅　八句

石積の集落どこも枇杷熟れて

アンシャンテ外海《そとめ》は初夏の海と空

ひた灼けて出津《しつ》教会の瓦屋根

万緑に嵌まりて白きマリア像

靴脱ぎて入る教会の涼しさよ

この島のルルドの泉滴れり

水礫の青年の像夕焼中

麦の秋人にも車にも会はず

応へなきものへ語りぬ夜の秋

父母の亡く夫亡く杏子酸つぱいよ

葬を数ふる日日や夫亡き後

子が集ひ盆提灯の白吊す

桃一果食みて心のきれいな日

送り火の火勢一気の別れかな

夜の長し坐り直して椅子軋む

遠藤周作忌

雑草の肌切る強さ沈黙忌

特高を逃れし父の墓洗ふ

検閲印の父の脚本秋灯下

ひよんの笛吹いて呼びたき人のあり

亡き夫を人が誉めゐる秋彼岸

うす色の菊の被せ綿ほの湿り

令和元年十一月十日

冬日やはらか祝賀御《おん》列《れつ》進みたる

葛湯吹きおのれほどけてゆく時間
散るものをまだ残したる寒さかな

雪来るか空母も海も鉛色

寒林の我も一木影持たず

四章

令和二年

六十二句

初礼者大きザックで来たりけり

穏やかに並ぶも楽し初詣

獅子舞に頭を差し出せり目を閉ぢて
琵琶島の松風を聴く二日かな

春立つと思ふ卵の黄身二つ

黄砂降るぴたりと付かぬマグネット

二《ふ》月二《じ》十三《さ》日《ん》と決まる天皇誕生日

歩くこと寝ること大事地虫出づ

花曇音たてて置く鍵の束

永き日の選句の椅子に戻りけり

曲水の籬に触るる袍の袖

袖かくしてふ白椿日の奥に

畦塗りのまだ濡れてゐる日暮かな

花韮が咲くよ明日ある明るさに

玉砕の航空隊碑海朧

悼・寺内義哉様

花咲けば君の笑顔を忘れまじ

つつじ山色噴きあげて居たりけり

ボルゾイは風と過ぎたり藤の下

霾るやアールグレイは濃く淹るる

葉桜や白く削りて真木柱

梅雨晴の洗濯テディベア二匹

梅雨夕焼クリムトの金雲の銀

日曜のバケツに目高子に青空

妻元気からすの豌豆よく茂り

山梨吟行　六句

山廬前蔵涼しき山の風を入れ

夏座敷提灯箱の沢瀉紋

夏つばめ蚕屋の名残の高天井

恵林寺回廊涼しき風を回しけり

若葉風吸ひ込んでゐる鯉の口

山の雨浮葉叩きて過ぎにけり

コロナ自粛して夏茱萸の赤くなり

形代に夫の名書くを許されよ

ジーンズに脚入れて立ち夏は来ぬ

本当に初めてなのですラムネ瓶

緑雨静かに感染静かに広ごりぬ

湘南の海へ逃れて薔薇の椅子

富士裾野青田の風を禊とし

身を濯ぐかに足柄の山清水

噴水の曲はスティング吹かれ散る

樹下暗し零れんばかり実楊梅

夏の夜のクルーズ鷗は夜も白き

湾岸の夜景涼しき隔たりに

逝く夏の曲線グラフ棒グラフ
コロナ禍をひたすら生きて秋となる

初鴨や首立て胸を張りゐたる

鴨来たる勢ひづける水の面

手術決まる金木犀の咲いた日に
明日がある素心てふ蘭いただきて

地図ほどに近くはあらず佐渡の秋

草に寝て佐渡に見上ぐる天の川

秋さやか言葉鎧はず人隔てず

秋風や穏やかな死の雀蜂

ジョギングの踵健やか落葉蹴り

落葉溜め二番ドックは空ドック

重き扉を押せば暖炉に火が赤し

靴修理の吊り看板に凩来

辿り来し山に囲まれ兎汁

星満天狸の覗く湯に浸かり

休会の続きて霜の花咲いて
蜂の巣の枯れて吹かるる年の暮

広前の注連縄づくり火を焚いて

金《かね》澤《さわ》の昔ありけり冬木の芽

五章

令和三年

七十五句

海光の明るさに住み年迎ふ

年明けの三浦六浦屛風ヶ浦

我が干支の丑年松も取れにけり

春を待つ信濃の蘇民将来図

コロナ禍の人の影濃き春夕焼

鶯笛吹けば子ら寄りまた吹けり

春立つとロゼットはやも葉を擡げ
先生の遺品の眼鏡朧なり

よく煙草吸ふ映画観て春うれひ

報道写真展

芽吹き急ウイルスの知恵人の知恵

鳥帰る記者溜りてふレストラン

日日歩み芽吹き確かな大銀杏

球場に歓声の無きチューリップ

鳥雲に誰にも後ろ姿あり

春を籠り今日初めての声掠る

春蘭の花芽伸ぶる日自粛延ぶ

大朝寝して詫ぶるべき人をらず

白蝶の横切つてゆく船の胴

吹き下ろす風を伝へて花きぶし

称名寺ほんに小さき花御堂

仏生会身を光らせて跳ぬる鯉

遠目にもけぶりて咲ける榛の花

芹摘みて競争心の失せにけり

草萌に発掘の土積まれあり

伽藍潰え雀隠れの野となりぬ

遠き戦花の文《ふみ》庫《くら》残したる

師の住まひし寺尾の古地図うららけし

自粛明け蛹が蝶になりにけり

どの椅子に坐らう小綬鶏呼ばひをり

残る鴨人の影には寄らぬなり

能見堂跡と伝へて梅咲けり

持仏堂静けさを積む竹落葉

八十四歳五月の風を深く吸ひ
大茅の輪潜りワクチン打ちに行く

纜に夏潮被る鷗かな

薔薇のパーゴラ水の女神を隠しけり

夏至の夜の長くもがなと明けにけり
草刈りし跡いつまでも日のありて

夏茱萸を摘みたる今日はよき日なり
ポストまで歩けて桜の実が赤い

星涼しかたまり眠る羊たち

雛芥子に触れて通りぬ牧羊犬

自然動物園

草いきれオカピは止まること知らず

夏草の丈へラジカの脛隠す

夏帽子昆虫食は昔より
へくそかづら話に花も咲かぬなり

東京オリンピック

五輪開催ひまはり畑の喝采す

夏へ飛び込む真白き足の裏揃へ

在宅勤務の暇に鯊のよく釣れて
今日終るレモンサワーに檸檬乗せ

萩の露見るべき頃となりにけり

蓮の実活けられてあり飛ばぬなり

夜会草咲く夕暮に来てゐたり

緩き坂登れば秋の田村草

どの草の花と分かたず戦ぎけり

杖の径慣れきしころを藤袴

戻りたる椅子に秋冷来てゐたる

手すさびの絵を描き溜めて秋の夜は

稲光島が大きく見えにけり

どんぐり拾ふ心を満たす数拾ふ

裏木戸の鍵は分からずほたる草

この頃は回さぬ地球儀月さして

秋うらら何もせぬ日は齢重ね
戸惑ひの色を見せつつ返り花

神等去出のけふ山の晴海の凪

神送る浜の巌の屛風立ち

球根を深く埋めてこの冬は
鳴滝の大根に湯気の立つ頃ぞ

開戦日マンホールの蓋ことと踏み

夫の墓遠きよ雪の降りたるか

柚子風呂の柚子と遊びて子をなさず

綿虫の見えてくるまで坐りをり

パソコンのさくさく凩募る夜は
夜は明日へ傾きホットワインかな

人を待つ蜜柑の籠を明日へ置く

あとがき

『皆既月蝕』は私の六番目の句集になります。三百八句と少ない句数ですが、今読んでみて、その時の心がわからない句は入れないことにしました。

平成三十年一月三十一日、私は突然夫を亡くしました。感染症で入院し退院間近であったのに「ありがとう」も「さようなら」も言うことが出来ず心臓は止まってしまったのです。家族が呼ばれてお別れをした後、体から器具を外す間病院の窓からこの日最大の皆既月蝕を見ていました。満月が徐々に欠けて暗闇の宙になるまで皆無言でした。私は夫に、子どもたちは父親にそれぞれお別れをしたのでした。句集名を「皆既月蝕」と決めました。

孤独になる勇気を求めてもがくなか、作り続けた俳句はやや主観の強いものになりましたが、迷わず掲載することにいたしました。

そして令和二年一月一日、日本の新聞に中国で原因不明の肺炎が流行っていることが載ります。これをきっかけに新型コロナウイルスの感染が広まり、私たちの暮らし方も変わってしまいました。行動も活動も制限を受けて句会を開くことも旅をすることも叶わなくなりました。しかし、結社誌だけは毎月発行し続けられたことは大きな喜びになりました。苦境にある方がよい作品が生ま

れるのかもしれません。深く考え模索する時代になりましたが、これも一つの試練であると思っています。

この「あとがき」を書いている令和四年三月十一日、新聞のニュースやテレビの映像はウクライナの惨状を伝えています。戦争体験を思い出させる出来事がこの二十一世紀に起こるなんて信じられないことです。悲しみと憤りの日日の中で句集を出していいのか悩みもありましたが、生きていることが好きな私、俳句を作ることの好きな私の来し方として残すことにいたしました。

長いあとがきになってしまいましたが、どんな時も心の支えであった「俳句」に「仲間」に感謝いたします。

令和四年三月　桜の開花と平和を待ちて

和田順子

著者略歴

和田順子（わだ・じゅんこ）

昭和12年5月24日兵庫県生まれ
昭和49年　「万蕾」（殿村菟絲子主宰）入会
昭和50年　万蕾賞受賞
平成４年　群青賞受賞
平成７年　「万蕾」終刊
平成８年　「繪硝子」「街」創刊同人
平成９年　「繪硝子」文章部門賞
平成12年　「繪硝子」主宰継承
　　　　　「街」退会
平成28年　句集『流砂』第19回横浜俳話会大賞

句集『五月』『錐体』『ふうの木』『和田順子集』『黄雀風』『流砂』
俳人協会評議委員、日本文藝家協会会員、日本ペンクラブ会員、横浜俳話会参与、三田俳句丘の会会員

現住所　〒236-0057
　　　　神奈川県横浜市金沢区能見台5-48-7

●初句索引

あ行

か行

さ行

た行

噴水の　一二〇
へくそかづら　一五七
望郷の丘　三七
星涼し　一五五
星満天　一二九
ポストまで　一五四
ぽつかりと　四一
ボルゾイは　一〇九
盆石に　一七
本当に　一一七
盆の波　一四

ま行

まくなぎや　一〇
まだ景色　七七
瞬きを　四二
マリーナの　八三
岬みち　七
溝浚へ　九
皆が居る　七三
水無月ういろう　四一
妙法院　七八
身を濯ぐかに　一一九
麦の秋　八九
芽吹き急　一三九
もこもこと　六〇
餅配り　七三
戻りたる　一六三
桃一果　九二
門前に　二〇

や行

八重洲ブックセンター　二九
夜会草　一六一
灼くる石　一二
山ざくら　七
山の雨　一一五
山の柿　六七
雪来るか　九八
逝く夏の　一二二
行く春を　八〇
柚子風呂の　一七〇
湯に癒す　六八
夕焼長し　八五
緩き坂　一六一
よく煙草　一三九
ヨット縦走　八三
ヨットハーバー　四四
夜の長し　九三
夜は明日へ　一七一

ら行

料峭や　三七
緑雨静かに　一一八
老鶯や　四三

わ行

我が干支の　一三六
若葉風　一一五
綿虫の　一七〇
湾岸の　一一一

季語索引

春

時候

[春]
春の燭被爆二世のコンサート　三二
春を籠り今日初めての声掠る　一四二

[寒明]
寒明けや寂しき日日となりぬれど　五五

[立春]
春立つと思ふ卵の黄身二つ　一〇三
春立つとロゼットはやも葉を擡げ　一三八

[春寒]
春の凍てほどけてゆきぬバンドゥーラ　三二
料峭や波郷の詠みし鐘ひとつ　三七
春寒く夫亡き日日を起きて寝る　五五
妙法院庫裡の竈の春の冷　七八

[暖か]
正五位を夫に賜りあたたかし　五七

[麗か]
うららかや鶴石鶴に見えてきて　一三五
師の住まひし寺尾の古地図うららけし　一四八

[日永]
永き日の選句の椅子に戻りけり　一〇五

[行く春]
行く春をひとりの音に慣れにけり　八〇

天文

[朧]
玉砕の航空隊碑海朧　一〇八
先生の遺品の眼鏡朧なり　一三八

[東風]
梅東風の京に来てをり菟絲子の忌　二二

[霾]
黄砂降るぴたりと付かぬマグネット　一〇三
霾るやアールグレイは濃く淹るる　一一〇

[春の雪]
菟絲子法要春の雪にぞ終へにける　七八

［花曇］
花曇音たてて置く鍵の束　一〇五
［春の夕焼］
コロナ禍の人の影濃き春夕焼　一三七

地理

［春の波］
岬みちけふはしづかな春の波　七
［春田］
開墾の歴史の春田打ちにけり　八

生活

［草餅］
げんこつのやうな南木曽の草の餅　三四
［菜飯］
大徳寺納豆付いて菜飯膳　八〇
［畦塗］
畦塗りのまだ濡れてゐる日暮かな　一〇七
［鶯笛］
鶯笛吹けば子ら寄りまた吹けり　一三七
［朝寝］
大朝寝して詫ぶるべき人をらず　一四三
［春愁］
よく煙草吸ふ映画観て春うれひ　一三九

行事

［曲水］
曲水の籬に触るる袍の袖　一〇六
［建国記念日］
建国日点字ブロック一直線　三四
［天皇誕生日］
二月二十三日と決まる天皇誕生日　一〇四
［仏生会］
仏生会身を光らせて跳ぬる鯉　一四五
［花御堂］
称名寺ほんに小さき花御堂　一四四

動物

［お玉杓子］
蝌蚪生まれ何かしきりに訴ふる　五九
［蛙］
姨捨の田毎の蛙鳴く日かな　三八
［小綬鶏］
どの椅子に坐らう小綬鶏呼ばひをり　一四九

[残る鴨]
残る鴨人の影には寄らぬなり　一四九
[鳥帰る]
鳥帰る記者溜りてふレストラン　一四〇
[鳥雲に入る]
鳥雲に誰にも後ろ姿あり　一四一
[地虫穴を出づ]
歩くこと寝ること大事地虫出づ　一〇四
[蝶]
白蝶の横切つてゆく船の胴　一四三
自粛明け蛹が蝶になりにけり　一四八

植物

[梅]
能見堂跡と伝へて梅咲けり　一五〇
[椿]
高きより椿の落つる静寂かな　三五
袖かくしてふ白椿日の奥に　一〇六
[初花]
初ざくら生きてゐしかば夫恋し　五七
[枝垂桜]
歌舞伎座庭園阿国桜のしだれかな　七九
[花]
花咲けば君の笑顔を忘れまじ　一〇八
遠き戦花の文庫残したる　一四七
[山桜]
山ざくら海へ向きたる御製の碑　七
[落花]
花の散る土人形を焼く窯に　八
飛花に座し落花に歩む清瀬かな　三六
[桜蘂降る]
望郷の丘桜蘂降るなかに　三七
[辛夷]
八方に芽を立て歌舞伎座の辛夷　七九
[躑躅]
つつじ山色噴きあげて居たりけり　一〇九
[藤]
ボルゾイは風と過ぎたり藤の下　一〇九
[木の芽]
芽吹き急ウイルスの知恵人の知恵　一三九
日日歩み芽吹き確かな大銀杏　一四〇
[赤楊の花]
遠目にもけぶりて咲ける榛の花　一四五

[木五倍子の花]
夫の墓入口はここ花きぶし　六八
吹き下ろす風を伝へて花きぶし　一四四
[春落葉]
春落葉踏めば沈めり病舎跡　三六
[チューリップ]
球場に歓声の無きチューリップ　一四一
[茎立]
茎立や雨がますぐに降る日なり　五九
[下萌]
草萌や対角線に行けぬ畦　三三
草萌に発掘の土積まれあり　一四六
[雀隠れ]
伽藍潰え雀隠れの野となりぬ　一四七
[翁草]
いくそたびその名問はれて翁草　五八
[芹]
芹摘みて競争心の失せにけり　一四六
[犬ふぐり]
ありさうな所にありて犬ふぐり　三三
[春蘭]
しろがねのほくりの花芽恃みけり　五六
春蘭の花芽伸ぶる日自粛延ぶ　一四二
[蕗の薹]
ことばより先に出てをり蕗の薹　五六
[雀の鉄砲]
古戦場雀の鉄砲よく伸びて　三八

夏

時候

[夏]
ヨットハーバー真白き夏の繋がれて　四四
夏弾くる草間彌生の水玉に　六三
夏へ飛び込む真白き足の裏揃へ　一五八
[初夏]
アンシャンテ外海は初夏の海と空　八六
[五月]
八十四歳五月の風を深く吸ひ　一五一
[立夏]
ジーンズに脚入れて立ち夏は来ぬ　一一七
[麦の秋]
麦の秋人にも車にも会はず　八九

【夏至】
夏至の夜の長くもがなと明けにけり　一五三
【炎昼】
炎昼の孤独たとへば深海魚　八二
【夏の夜】
夏の夜のクルーズ鷗は夜も白き　一二一
【盛夏】
夏盛んモザイク模様の船積荷　四四
【灼く】
灼くる石ひとつは千服茶臼かな　一二
黒犀の岩のごとくに灼けてをり　六四
ひた灼けて出津教会の瓦屋根　八七
【涼し】
涼しさは師の詠む不破の藤古川　一〇
靴脱ぎて入る教会の涼しさよ　八八
山廬前蔵涼しき山の風を入れ　一一三
恵林寺回廊涼しき風を回しけり　一一四
湾岸の夜景涼しき隔たりに　一二一
【夏の果】
逝く夏の曲線グラフ棒グラフ　一二二
【夜の秋】
応へなきものへ語りぬ夜の秋　九〇

天文

【夏の星】
星涼しかたまり眠る羊たち　一五五
【茅花流し】
茅花流し吹き残されてゐる私　四〇
【熱風】
インド象歩み熱風起こりけり　六四
【夏の雨】
緑雨静かに感染静かに広ごりぬ　一一八
【梅雨】
刷上がる三嶋暦や梅雨館　八一
梅雨を灯し三嶋絵暦解きにけり　八一
梅雨夕焼クリムトの金雲の銀　一一一
【梅雨晴】
梅雨晴の洗濯テディベア二匹　一一一
【夕焼】
夕焼長し江の島裏の断崖に　八五
水礫の青年の像夕焼中　八九
【炎天】
炎天を歩む失ふものは無く　八二

地理

[雪渓]
常念岳の雪渓きらとけふの晴　六〇
[夏の潮]
纜に夏潮被る鷗かな　一五二
[植田]
奥美濃の植田の水の零れさう　六一
[青田]
富士裾野青田の風を禊とし　一一九
[泉]
この島のルルドの泉滴れり　八八
[清水]
身を濯ぐかに足柄の山清水　一一九

生活

[サングラス]
サングラス卓に置かれて雲映す　八四
[日傘]
白日傘けふの元気を開きけり　四二
[夏帽子]
夏帽子白き手汚し蝦を食ぶ　八四
夏帽子昆虫食は昔より　一五七
[清涼飲料水]
本当に初めてなのですラムネ瓶　一一七
[夏座敷]
夏座敷提灯箱の沢瀉紋　一一三
[噴水]
噴水の曲はスティング吹かれ散る　一二〇
[牛馬冷す]
牛冷やす牛より深く川に入り　二
[溝浚え]
溝浚へがんばるときの口すぼむ　九
[代掻]
代掻きの一歩が一歩追ひかけて　三九
[草刈]
草刈りし跡いつまでも日のありて　一五三
[納涼]
渡岸寺留守の茶店に涼みけり　一一
[ヨット]
ヨット縦走一艇はたと倒れけり　八三
マリーナの午後はヨットの操作見て　八三
[日焼]
夫無くも海に遊びて日焼けして　八五

行事

[気象の日]
晴天を持ち堪へけり気象の日　六二

[夏越]
水無月ういろういつも歪な三角形　四一
形代に夫の名書くを許されよ　一一六
大茅の輪潜りワクチン打ちに行く　一五一

動物

[雨蛙]
もこもこと森青蛙の孵化始まる　六〇

[老鶯]
老鶯や水村山郭遠山家　四三

[夏燕]
夏つばめ蚕屋の名残の高天井　一一四

[鮎]
鮎の竿瀬音風音切つて飛ぶ　六一
鮎雑炊川は一夜に甦り　六二

[目高]
日曜のバケツに目高子に青空　一一三

[蛍]
馬洗川今も清らに蛍飛ぶ　三九

[蟬]
戦記読み蟬声重き日となりぬ　四五

[蛞蝓]
まくなぎや不破の関守屋敷跡　一〇

植物

[葉桜]
葉桜や白く削りて真木柱　一一〇

[桜の実]
ポストまで歩けて桜の実が赤い　一五四

[薔薇]
湘南の海へ逃れて薔薇の椅子　一一八
薔薇のパーゴラ水の女神を隠しけり　一五二

[栗の花]
栗の花噴いて明るき雨ひと日　六三

[楊梅]
樹下暗し零れんばかり実楊梅　一二〇

[杏子]
父母の亡く夫亡く杏子酸つぱいよ　九〇

[枇杷]
ぽつかりと闇のごとくに枇杷の種 四一
石積の集落どこも枇杷熟れて 八六
[若葉]
若葉風吸ひ込んでゐる鯉の口 一一五
[新緑]
新緑のなだれ込んだり御母衣ダム 四三
[万緑]
万緑に嵌まりて白きマリア像 八七
[忍冬の花]
すひかづら引けば昔の日が待つよ 四〇
[棕櫚の花]
立てて置く大八車棕櫚の花 一一
[夏茱萸]
コロナ自粛して夏茱萸の赤くなり 一一六
夏茱萸を摘みたる今日はよき日なり 一五四
[竹落葉]
持仏堂静けさを積む竹落葉 一五〇
[向日葵]
瞬きを堪へてをりぬ大向日葵 四二
五輪開催ひまはり畑の喝采す 一五八
[雛罌粟]
雛芥子に触れて通りぬ牧羊犬 一五五
[韮の花]
花韮が咲くよ明日ある明るさに 一〇七
[豌豆]
妻元気からすの豌豆よく茂り 一一三
[茄子]
加茂茄子やつましき暮し母に似て 一三
[蓮の浮葉]
山の雨浮葉叩きて過ぎにけり 一一五
[夏草]
夏草の丈へラジカの脛隠す 一五六
[草いきれ]
草いきれオカピは止まること知らず 一五六
[灸花]
へくそかづら話に花も咲かぬなり 一五七
[双葉葵]
双葉葵雫のやうな花つけて 九

秋

時候

［秋］
烽火もう上がらぬ秋の岬かな　一五
多摩川の秋調布砧と名を残し　一七
秋の旅三蔵法師の袈裟の色　一九
コロナ禍をひたすら生きて秋となる　二三
地図ほどに近くはあらず佐渡の秋　二五
［秋彼岸］
亡き夫を人が誉めゐる秋彼岸　九五
［秋の日］
秋日燦癒え待つ馬場の砂平ら　六九
［秋の夜］
手すさびの絵を描き溜めて秋の夜は　一六三
［夜長］
夜の長し坐り直して椅子軋む　九三
［秋麗］
秋うらら何もせぬ日は齢重ね　一六六
［爽か］
秋さやか言葉鎧はず人隔てず　一二六
［冷やか］
坑道の冷えに降りたり真暗がり　七〇
戻りたる椅子に秋冷来てゐたる　一六三

天文

［秋晴］
秋晴や石食ひの松石噛んで　一六
秋晴のつくばロケット見てゐたり　六五
［月］
この頃は回さぬ地球儀月さして　一六五
［居待月］
盆石によき影のあり居待月　一七
［天の川］
草に寝て佐渡に見上ぐる天の川　一二五
［秋風］
秋風やとつくり蜂が巣を作り　二一
秋風や穏やかな死の雀蜂　一二六
［野分］
野分後の波のしぶきを礒伝ひ　一六
野分跡漁網のしどろもどろかな　六五

江の島の泳ぎだしさう野分晴　六六
【稲妻】
稲光鳥居の太さ見せにけり　一四
稲光島が大きく見えにけり　一六四

地理

【秋の水】
蹼の黄が蹴つてゐる秋の水　三
【秋の海】
秋の海抉りて船の旋回す　二
【盆波】
盆の波置いてゆきたる月日貝　一四

生活

【秋の灯】
検閲印の父の脚本秋灯下　九四
【灯籠】
子が集ひ盆提灯の白吊す　九一
【大豆干す】
追分を過ぎて豆稲架五つ六つ　三

行事

【菊の着綿】
うす色の菊の被せ綿ほの湿り　九六
【終戦記念日】
けふ空も海も白濁敗戦日　四五
【文化の日】
国宝の仏舎利拝す文化の日　一八
【墓参】
特高を逃れし父の墓洗ふ　九四
【送り火】
送り火の火勢一気の別れかな　九二
【高きに登る】
師の句碑の高きにありて登りけり　一五
【沈黙忌】
雑草の肌切る強さ沈黙忌　九三

動物

【鹿】
石笛の音色偲べば鹿の鳴く　一九
【初鴨】
初鴨や首立てて胸を張りゐたる　一二三

鴨来たる勢ひづける水の面　一三三
【鯊】
在宅勤務の暇に鯊のよく釣れて　一五九
【つくつく法師】
つくつくと蟬つくづくと生きてきし　一三
【地虫鳴く】
地虫鳴き眉毛の痒き日なりけり　四六

植物

【木犀】
手術決まる金木犀の咲いた日に　一二四
【桃の実】
桃一果食みて心のきれいな日　九二
【柿】
空碧く降ってきさうな山の柿　一八
山の柿盛られ山盧の奥座敷　六七
百目柿地に触れさうや触れてをり　六八
なるがまま愚庵生家の柿小粒　六九
【柚子】
ていねいに過ごす一日柚子実り　六七
【檸檬】
今日終るレモンサワーに檸檬乗せ　一五九
【紅葉】
住まぬ家のどの木も紅葉してゐたり　七〇
【桜紅葉】
旧軽の桜紅葉と珈琲と　一三
【団栗】
どんぐり拾ふ心を満たす数拾ふ　一六四
【銀杏】
主義曲げず焼ぎんなんに塩を振る　六六
【瓢の実】
ひよんの笛吹いて呼びたき人のあり　九五
【蘭】
明日がある素心てふ蘭いただきて　一二四
【朝顔】
蕣を数ふる日日や夫亡き後　九一
【夜顔】
夜会草咲く夕暮に来てゐたり　一六一
【紫苑】
虚子庵の名残紫苑にまみえけり　一三
【蓮の実】
蓮の実活けられてあり飛ばぬなり　一六〇
【草の花】
どの草の花と分かたず戦ぎけり　一六二

[草の香]
草の香やごぼりと水のありどころ　四六
[草紅葉]
畑中の陵の裾草紅葉　二〇
[萩]
萩の露見るべき頃となりにけり　一六〇
[藤袴]
杖の径慣れきしころを藤袴　一六三
[露草]
裏木戸の鍵は分からずほたる草　一六五
[松茸]
門前に拡げ松茸売りをらず　二〇
[田村草]
緩き坂登れば秋の田村草　一六一

冬

時候

[冬]
冬あをあを仏日庵の魯迅の木　二五
球根を深く埋めてこの冬は　一六八
[立冬]
兼好の住まひし寺も冬に入る　二六
[十二月]
恐竜の骨格吊らる十二月　七二
[年の暮]
八重洲ブックセンターしづかに過す年の暮　二九
蜂の巣の枯れて吹かるる年の暮　一三〇
[冬の日]
冬日やはらか祝賀御列進みたる　九六
[冬の夜]
寒き夜を注いで二つの湯呑かな　五三
寒夜鳴る風にも夫を待ちゐたり　五三
[寒し]
ひとり降り国道駅の寒さかな　二七
ひとりとはとなりに居ない寒さかな　五二
散るものをまだ残したる寒さかな　九七
[春待つ]
春を待つ信濃の蘇民将来図　一三六

天文

[冬の空]
夫尽きて新しき月冬空に　五二

【冬の風】
寒風のなべて魚臭を攫ひけり　一二七
【凩】
靴修理の吊り看板に凩来　一三八
パソコンのさくさく凩募る夜は　一七一
【時雨】
信貴山の絵巻の寺の小夜しぐれ　一二五
【霜】
休会の続きて霜の花咲いて　一三〇
【雪催い】
雪来るか空母も海も鉛色　九八
【雪】
夫の墓遠きよ雪の降りたるか　一六九

生活

【餅配】
餅配りとふ丸餅をいただきぬ　一七三
【ホットドリンクス】
夜は明日へ傾きホットワインかな　一七一
【葛湯】
葛湯吹きおのれほどけてゆく時間　九七
【藪巻】
鞍掛の松と伝へて藪巻きす　七二
【暖炉】
重き扉を押せば暖炉に火が赤し　一三八
【大根干す】
大根干す海見ゆる日も見えぬ日も　七一
【注連作】
広前の注連縄づくり火を焚いて　一三一
【門松立つ】
門松を立て親しさの募りくる　二八

行事

【十二月八日】
開戦日マンホールの蓋ことと踏み　一六九
【柚子湯】
柚子風呂の柚子と遊びて子をなさず　一七〇
【神の旅】
神送る浜の巌の屏風立ち　一六七
【神在祭】
神等去出のけふ山の晴海の凪　一六七
【酉の市】
大熊手荒稲こぼさぬやうに持ち　四七

【鳴滝の大根焚】
鳴滝の大根に湯気の立つ頃ぞ　一六八

【寒参】
寒参り樹齢千歳の榧くぐり　五四

【波郷忌】
波郷忌の風音に耳聡くゐる　二四

動物

【狸】
星満天狸の覗く湯に浸かり　一三九

【兎】
辿り来し山に囲まれ兎汁　一三九

【鴨】
鴨の池誰も数ふることが好き　二六
上げ潮の鴨の胸打つ柳橋　二八

【綿虫】
綿虫の見えてくるまで坐りをり　一七〇

植物

【帰り花】
戸惑ひの色を見せつつ返り花　一六六

【蜜柑】
皆が居るやうに蜜柑を盛りにけり　七三
人を待つ蜜柑の籠を明日へ置く　一七二

【紅葉散る】
湯に癒す馬に紅葉の降るばかり　六八

【落葉】
落葉踏む無心になれるところまで　二四
吹き抜くる風と落葉の勿来関　七一
ジョギングの踵健やか落葉蹴り　一二七
落葉溜め二番ドックは空ドック　一二七

【寒林】
寒林の我も一木影持たず　九八

【枯木】
神木の枯れて蛇のごと竜のごと　五四

【冬芽】
金澤の昔ありけり冬木の芽　一三一

新年

時候

［新年］
楡のほのと紅さし年新た　五一
年立つや半島の根に住み慣れて　七七
海光の明るさに住み年迎ふ　一三五
年明けの三浦六浦屛風ヶ浦　一三五
［去年今年］
フーコーの振り子しづかに去年今年　三〇
［二日］
琵琶島の松風を聴く二日かな　一〇二

天文

［淑気］
淑気とも山の冷えとも早雲寺　三〇

生活

［松納］
我が干支の丑年松も取れにけり　一三六
［年始］
初礼者大きザックで来たりけり　一〇一
［乗初］
初乗や相模国府の海きらと　二九
［獅子舞］
獅子舞に頭を差し出せり目を閉ぢて　一〇二

行事

［小豆粥］
小豆粥母は生涯京ことば　三一
［左義長］
どんどの火真ん中いよよしろがねに　五一
［初詣］
穏やかに並ぶも楽し初詣　一〇一
［恵方詣］
まだ景色見ゆる幸せ恵方道　七七

令和俳句叢書

句集　皆既月蝕《かいきげっしょく》

二〇二二年九月二〇日第一刷
定価＝本体二八〇〇円＋税

●著者――和田順子
●発行者――山岡喜美子
●発行所――ふらんす堂
〒一八二―〇〇〇二東京都調布市仙川町一―一五―三八―二F
ＴＥＬ〇三・三三二六・九〇六一　ＦＡＸ〇三・三三二六・六九一九
ホームページ　http://furansudo.com/　E-mail　info@furansudo.com

●装幀――和　兎
●印刷――日本ハイコム株式会社
●製本――株式会社松岳社

ISBN978-4-7814-1474-4 C0092 ¥2800E